大偵探
福爾摩斯

——史上最強的女敵手——

SHERLOCK HOLMES

❈ 序 ❈

　　據「國際教育成績評估協會」的調查，香港小四學生的母語閱讀能力排名世界第一，但閱讀動機、投入程度和閱讀興趣都排於榜底。看到這個調查結果，我第一個反應是：這個調查結果肯定不適用於我們的讀者。

　　看《大偵探福爾摩斯》的讀者，絕大部分都是自己要求買來看的，不用爸爸媽媽強迫，證明讀者們都有很強的閱讀動機。

　　至於投入程度嘛，我們的讀者也肯定非常投入。看看facebook的反應就可知道，還未出版這一集，已有讀者問下一集講什麼了。而且，很多讀者還說同一集可以重重複複看十多次，不投入的話，哪會這樣？

　　在閱讀興趣方面就更不用說了。我們收到的郵購訂單很多都是整套整套地買的，一本書二萬多字，十多本就是幾十萬字。對閱讀沒有興趣的話，一個小學生怎樣消化得了？

　　依我看，小朋友的閱讀動機、投入程度和閱讀興趣，主要是看我們的書寫得好不好看而已。

厲河

余遠鍠

大偵探
福爾摩斯
——史上最強的女歌手——

登場人物介紹

福爾摩斯
居於倫敦貝格街221號B。精於觀察分析,知識豐富,曾習拳術,又懂得拉小提琴,是倫敦最著名的私家偵探。

華生
曾是軍醫,為人善良又樂於助人,是福爾摩斯查案的最佳拍檔。

小兔子
扒手出身,少年偵探隊的隊長,最愛多管閒事,是福爾摩斯的好幫手。

李大猩 & 狐格森
蘇格蘭場的孖寶警探,愛出風頭,但查案手法笨拙,常要福爾摩斯出手相助。

波希米亞國王
三十出頭,高大強壯,但身份神秘。

艾琳‧愛德勒
美艷不可方物的歌劇院歌手。

諾頓
英俊的律師,艾琳的男朋友?

羅蘋
法國著名的俠盜。

法國來的俠盜

月黑風高，一個**蒙面**的黑衣人悄悄地沿着水渠，攀上了一棟房子的三樓。

與此同時，街上的暗角中有兩個人影探出頭來，緊盯着黑衣人的**一舉一動**，他們不是別人，就是蘇格蘭場的孖寶警探李大猩和狐格森。

待黑衣人在房子三樓的窗口消失後，李大猩向對面馬路的街角用手電筒亮了幾下**信號**，通知在附近埋伏的警察準備行動。接着，兩人不動聲色地奔到房子的牆邊，

等候黑衣人自投羅網。

　　不一刻，黑衣人在剛才的窗口伸出頭來。他小心地往街上看了看，然後從窗口鑽出一躍，敏捷地抓住牆邊的管子往下攀。

　　「抓人！」李大猩大叫，一下尖銳的警笛聲也隨之劃破夜空。

　　一直埋伏在三個街角的警察一擁而上，衝向黑衣人正想攀下來的位置。

　　黑衣人似乎也大吃一驚，但他馬上鎮靜下來，只見他拔出腰上的長鞭向上一揮，準確地纏住了對面樓房的管子，接着縱身一躍，凌空越過了馬路，像猴子般飛彈到對面的樓房去。

「**追呀！不要讓他逃脫！**」李大猩大喊。

可是，那黑衣人已又再揮起長鞭打向屋頂，纏住了上面

的欄杆，然後沿着外牆「噠噠噠」地蹬了幾
下，迅速攀上了屋頂，繼而左飛右躍，一瞬間
已消失在夜空之中了。

　　翌日夜晚，華生推開大門，急步走進客廳
中，興奮地說：「福爾摩斯，你知道嗎？據報

紙報道，法國著名的蒙面大盜**亞森‧羅蘋**來了倫敦作案。」

「我聽說了。」福爾摩斯躺在沙發上，無精打采地應道。

「他半年內已多次作案，李大猩和狐格森他們也**束手無策**呢！」華生提高嗓門道。

「我聽說了。」福爾摩斯半閉着眼睛，似睡非睡地答道。

「據說這個蒙面大盜在法國專門**劫富濟貧**，被法國警方緝捕得緊了，他為避風頭，跑來了英國繼續犯案。」

「我聽說了。」福爾摩斯打了個大呵欠。

華生覺得奇怪，要是平時遇上這種話題，福爾摩斯一定會從沙發上一躍而起，興奮地和自己討論案情。為什麼他對這個蒙面大盜好像完全不感興趣呢？

「我認識他。」福爾摩斯不經意地吐出一句，打斷了華生的思路。

他我認識。

「什麼？」華生頗感意外。

「三年前，我應一個

法國富商之邀，曾經和他交過一次手。」

「啊……怎麼沒聽你提起過他？」

「他是一個我再也不想碰見的**對手**，如果

他不是來了倫敦**作案**，本來已在我的記憶中消

失了……」福爾摩斯欲言又止。

「原來如此。」華生充滿好奇，因為從這個應對看來，已可肯定福爾摩斯與羅蘋有一段不尋常的關係。但老搭檔不願說，自然有難言之隱，自己就不好再問了。不過，這時他和福爾摩斯都意想不到，其實羅蘋的身影已悄然而至，馬上就會掀起一場風暴。

「與其談那個法國蒙面大盜，不如看看這封信吧，信中也有提到蒙面的人呢。」福爾摩斯從懷中掏出一張紙，遞給華生。

「又一個蒙面人？」華生感到奇怪，連忙接過信細閱。

那是一張**短箋**，上面沒有寫上日期、簽名和地址。

福爾摩斯先生：

　　你好！

　　由於有極其重要的事情與閣下商討，今晚7時45分會有一位先生到府上拜訪。我們得悉閣下最近曾為歐洲一位王族解決了非常棘手的疑難，對此我們有很多情報獲得了，故對閣下非常信任。

　　請恕無禮，由於某種緣故，來人將會戴上面具到訪。

「好奇怪的短箋呢。」華生看完信後說，「信中說來人會戴上面具到訪，你以為是什麼人寄來的呢？」

「是下午有人親手交給房東太太，並吩咐她交給我的。」福爾摩斯說。

「就這麼一張紙，沒有信封嗎？」

「沒有。」

「連信封也省去，捎來這封短箋的人非常小心呢。」華生分析。

「沒錯，多一樣東西，就會留下多一樣讓人追查的痕跡，把要說的事情寫在一張紙上就最簡單了。」

「那麼，你從這張紙上看出什麼嗎？」華生問，他估計老搭檔已詳細檢視過這張紙了。

「我倒想先聽聽你的意見呢。」福爾摩斯狡

點地一笑，顯然，他是想考考華生。

「哼，又想考我嗎？」華生斜眼看了老搭檔一下，把短箋湊到眼前仔細地檢視，「唔……這是一張很漂亮的紙，**紙質**也頗為堅韌，看來**價錢**不會便宜。」

「分析得很準確。」福爾摩斯說。

「那麼，使用這種紙的人也該頗**富有**。」華生說。

「有道理。」福爾摩斯一笑，「你把紙放到燈前看看。」

「難道紙上有**水印**嗎？」華生說着，把紙放

到燈下一照，只見短箋的右下角現出了幾個英文字母，寫着「Eg.P.Gt」。

「啊，是水印文字呢，難道是寫信者的**簡寫**？」華生問。

「不對。」福爾摩斯分析道，「『Gt.』是德文『Gesellschaft』的縮寫，相當於英文的『Co.』，即是**公司**的意思。此外，『P.』即是德文『Papier』，即是**紙**。至於『Eg.』，我已查過了，是『Egria』的縮寫，那是一個德語國家，在**波希米亞**。那兒以製造玻璃和優質的紙著名。」

「這麼說來，這張紙是波希米亞製造的了。」華生說。

「對，而且我知道這短箋是一個**德國人**寫的。」

「你怎知道？」華生問。

福爾摩斯拿過短箋，指着其中一句句子說：「『**對此我們有很多情報獲得了**』，你沒發現這句句子寫得很古怪嗎？」

華生想了一下，恍然大悟地道：「啊，動詞放置的位置有點古怪，應該這樣寫才對——**『對此我們獲得了很多情報』**，或者寫作**『我們獲得了很多有關這方面的情報』**。」

「對，法國人和俄國人都不會這樣寫，只有德國人才會寫出這樣的句子。」福爾摩斯總結道，「在英國很難買到波希米亞出產的高質紙，所以從紙張的**產地**和上述的**句法**看來，寫此短箋的該是個富有的德國人。」

就在這時，窗外傳來了一陣刺耳的馬蹄聲。

　　福爾摩斯走到窗前看了看，眼前一亮：「我們的蒙面貴賓看來已抵達了。看，拉車的那兩頭馬匹都是好貨色，馬車也是高級的四輪款式。嘿嘿嘿，就算這是一個無聊的案子，但我們至少也會大賺一筆呢。」

神秘的蒙面人

　　不一刻，門外響起了沉穩的腳步聲，然後在門前止住了，與此同時，傳來了一陣**架勢十足**的敲門聲。

　　華生雖然不如福爾摩斯那樣能憑聲辨人，但從那煞有介事的腳步聲和敲門聲聽來，來者肯定是個一板一眼、愛擺架子的**大塊頭**。

　　「請進來吧。」福爾摩斯提高嗓門喊道。

　　一個看來高達6呎6吋的巨漢推門步進，他雖然穿了厚重的**大衣**和披上了長度及膝的**披肩**，但仍能讓人感覺到他大衣下的胸膛又濶又厚，再加上他臉上那副神秘的面具，要是在夜道上碰上了，剎那之間一定會被他的外貌嚇

破膽。不過，他披肩上那俗不可耐的**綠寶石扣針**和高達小腿的**皮靴**出賣了他的品味，叫人覺得他只是個裝腔作勢的傢伙，並沒有什麼可怕。

蒙面大塊頭看了看福爾摩斯，又看了看華生，似乎不知道該跟誰說話，最後他選擇看着福爾摩斯道：「你收到我的短箋吧？我已事先通知會來訪。」他有很重的**德國口音**。

福爾摩斯點點頭，說：「請問我該如何稱呼閣下呢？」

大塊頭看一看華生，雖然看不到他面具下的表情，但從他的眼神中，已可看出他有點猶豫。

「我只想跟你**單獨**談話。」大塊頭說。

「這位是華生醫生，是我的好朋友，也是我

查案的得力助手，沒有他的參與，我可能沒法接受你的委託。」福爾摩斯說完，指一指空着的沙發，「請坐吧。」

福爾摩斯的**語氣**雖然平和，卻有股令人無法拒絕的威嚴和堅決，大塊頭看來雖然有點不服氣，他**瞟**了一眼華生後，也只好乖乖地坐下來了。

「我是從波希米亞來的，你可以叫我**馮克拉姆伯爵**。」大塊頭自我介紹。

華生心想，果然一如短箋的用紙所示那樣，他是由**波希米亞**來的有錢人，又一次證

實福爾摩斯的分析準確無誤。

「請問我有什麼可以幫忙呢?」福爾摩斯不冷不熱地問。

伯爵不自然地移動了一下坐姿,鄭重其事地說:「**保密!**我的條件是保密,此事對歐洲日後的歷史發展會帶來重大影響。你們可以保密兩年嗎?」

福爾摩斯聳聳肩,說:「可以呀。不過,如果事情是這麼**嚴重**的話,兩年太短了,不如我們永久保密吧。」

華生也點頭和應:「沒問題,就永久保密吧。」

他從經驗得知,很多顧客對自己的事情都看得過重,說什麼「對歷史發展帶來重大影響」,也許是**言過其實**吧。

蒙面伯爵看來安心了，他稍為輕鬆地用食指托了一下臉上的面具，說：「請恕我不能脫下面具，因為我主人**尊貴的身份**也必須保密，他不想你們從我身上猜出他是誰。

不過，我可以坦白相告，馮克拉姆伯爵只是個方便大家稱呼的**假名**。」

　　「沒關係，我早已意識到了。」福爾摩斯又聳聳肩，以示他毫不介意。

　　「現在是個非常敏感的時刻，我們必須對每個細節都非常小心，因為稍有失誤就會演變為一個驚世的**醜聞**，它足可令歐洲某國王族顏面無存。」蒙面伯爵說這話時，不期然地壓低了**嗓門**。

華生看看福爾摩斯，只見他**木無表情**地聽着，眼皮半闔，彷彿就要入睡似的。

蒙面伯爵看見福爾摩斯沒有反應，於是**直截了當**地說出重點：「說得白一點，此事涉及奧姆斯坦王族，也就是波希米亞代代相傳的**國王**！」

聽到這裏，華生瞥見福爾摩斯的眼珠子突然在半闔的眼皮下微微地**顫動**了一下，顯然，蒙面伯爵的這句說話對他起了作用。接着，他半睡

半醒似的斜眼望向伯爵，並道：「我知道對一國之君來說，紆尊降貴並不容易。不過，陛下不把實情講清楚的話，我能提供的意見也會非常有限。」

蒙面伯爵大吃一驚，他從椅子上彈起來，似乎對被**識穿**身份感到非常震驚。他俯視着沙發上那懶洋洋的福爾摩斯，想發作又**無從入手**。福爾摩斯沒理會這個尊貴的對手，只是閉着眼睛吐了口煙。無言的**對峙**持續了片刻，蒙面伯爵放棄了，他在廳中來來回回地踱着步。最後，他霍地扯下臉上的面具，並「啪噠」一聲把它摔到地上，叫道：「我就是那個國王，你說得對。我沒有必要隱瞞！我為什麼要隱瞞？在**大名鼎鼎**的大偵探面前企圖隱

藏身份，實在愚不可及。」

「對呀，**卡斯爾費斯坦大公爵**。」福

爾摩斯說出蒙面伯

爵的真名字。

原來眼前

的大塊頭就

是卡斯爾費

斯坦大公

爵——那個

著名的

波希米

亞世襲國

王！

華生心中暗想，

福爾摩斯真厲害，

只是擺擺架子就識破了蒙面伯爵的真正身份。
他開初對蒙面伯爵故意擺出一副**漠不關心**
的樣子，其實是想迫使對方透露更多資訊。
這是福爾摩斯慣用的**心理戰**，當一個人有求
於人時，就會儘量引起對方的注意，就如小孩
子要引起媽媽的注意，會故意大哭；男孩子想
引起心儀的女孩子的注意，會故意在她面前走
來走去。就算寵物也一樣，貓咪想引起主人的
注意，還會在當眼的地方**拉屎**呢！平時得到
萬人敬仰的國王對福爾摩斯的漠不關心肯定
無法忍受，最後只好自行揭開自己的身份。

女歌手艾琳

　　國王終於冷靜下來，他重新坐下，用手擦一擦前額說：「希望你明白，我從來沒有和私家偵探打過**交道**，實在不知道應該如何處理。不過，這事太過敏感了，我必須親身出馬，因為這關乎我自己的**命運**。」

　　「所以，陛下就微服到訪了？」福爾摩斯問。

　　「是的。」

　　「不過，陛下的馬車和衣着都太過**張揚**了，要是真的想微服出巡，看來要更低調一些呢。」福爾摩斯語帶挖苦地說。

　　「我說過，我並不習慣做這種事。不過，我

由布拉格秘密出訪，除了幾個極可信任的隨從外，沒有人知道我來了倫敦。」

「那麼，陛下這次找我是為了什麼事呢？」

「說來話長，簡而言之，我在五年多前訪問法國時，認識了一個非常漂亮的女人，她名叫艾琳・愛德勒。不過，後來我才察覺，她故意結識我，其實只是想釣金龜婿而已。」

「這個名字有點印象，讓我查查看。」說着，福爾摩斯站起來，走到文件櫃前取下一個厚厚的文件夾，然後迅速地翻閱起來。華生

知道，那是福爾摩斯的人物事典簿，裏面的資料**包羅萬有**，都是他長年累月收集得來的。

「有了。」福爾摩斯翻到一頁停下來，「艾琳‧愛德勒，一八六八年出生於美國新澤西，著名女低音……啊！厲害，曾任法國皇家歌劇團**首席女歌手**。不過，半年前已離團，現居於倫敦。」

福爾摩斯熱愛音樂，甚至在查案中途也要去聽小提琴的演奏*，此刻得悉國王要他對付的人竟然是個著名女歌手，華生知道老搭檔肯定已**蠢蠢欲動**了。

果然，福爾摩斯未待國王開口，已急切地問了：「陛下，難道你曾經與她交往，又寫過一些**情信**給她，現在想我把那些信取回來嗎？」

*詳情請閱《大偵探福爾摩斯⑧驚天大劫案》

「好厲害！你差不多猜對了。」

「你曾經與她秘密結婚？」

「沒有。」

「她手上有些對你不利的法律文件？」

「沒有。」

「那就叫我不明白了，如果這位女士想用那些信來勒索你或者要脅你，她又怎能證明那些信是真的呢？」

「有我的字跡。」

「嘿，那可以假冒呀。」

「信紙是我專用的。」

「她偷來的。」

「有我的封印。」

「那是偽造的。」

「有我的相片。」

「她買的。」

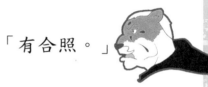

「有合照。」

「跟誰？」

「跟我。」

「什麼？」福爾摩斯大吃一驚，「陛下實在太不小心了。」

「我當時鬼迷心竅，在她面前已神魂顛倒，失去了判斷力。」國王說着不禁懊悔地以手掩面。

「你自己跳進了危險的陷阱。」

「當時我只是皇太子，太年輕了。其實我現在也只不過是三十歲。」

「一定要把相片取回來。」

「我試過，但失敗了。」

「那就買回來吧，花點錢也值得。」

「她肯賣的話就不用傷腦筋了。」

「偷吧。」

「也試過五次了。兩次僱人潛進她家去偷，但搜遍每個角落都找不到。有一次她去旅行，我們偷換了她的行李，但也找不到。後來我們甚至在路上攔截，兩次搶走了她的手袋，但也一無所獲。」國王說得垂頭喪氣。

「沒有相片的線索？」

　　　　「一點也沒有。」

　　福爾摩斯問到這裏，忍不住大笑起來：「哈哈哈，這個女人好厲害，實在太好玩了。」

　　國王不滿地說：「這沒什麼好玩的，我會被那張相片搞垮啊。」

　　「說的也是。」福爾摩斯好不容易才能收起笑容，「她不為錢的話，會用那張相片來幹什麼呢？」

「摧毀我。」

「摧毀？怎樣摧毀？」

「我快要結婚了。」

「我看過報紙的報道。」

「未婚妻是**斯堪的納維亞**的二公主，她

的家規甚嚴，她本人的性格又敏感又脆弱，

絕對受不起刺激，如果知道我曾和一個歌女交

往，她一定會拒婚。」國王說。

「艾琳有什麼行動？」

「她說要把相片寄給我的未婚

妻。」國王懊惱地說，「她言出必

行，我知道她會這樣做。你知道嗎？

她雖然柔情似水，但意志卻堅如

磐石，而且獨斷獨行。如果我要

和其他女人結婚，她會不惜一切

阻止。這就是艾琳‧愛德勒！」

「嘿，好有趣的女人呢。」

福爾摩斯語帶欽佩地說，但馬上察覺失言

了，於是又裝出一副嚴肅的表情問：「她還未

寄出信嗎？」

「還未。」

「你怎知道？」

「她說會在婚事正式公佈當天寄出，即是下星期一。」

「嘿，還有**三天**時間呢。」福爾摩斯興味十足地說，「有足夠時間查出相片的**下落**。」

華生心想，老搭檔已完全被這個尚未見過面的女人吸引了。

「陛下，你會留在倫敦等候消息嗎？」福爾摩斯問。

「這還用說，我必須取回 **相片** 才能離開。」國王說，「我用馮克拉姆伯爵的名義在**朗廷酒店**訂了房間，你有什麼消息可以馬上找到我。」

「很好。」福爾摩斯一頓，擦了一下鼻子

道，「陛下，你知道我的**收費**很貴嗎？」

「有多貴？」國王問。

「總之很貴，而且要先收**訂金**。」

華生暗笑，福爾摩斯平時對金錢並不着緊，窮人找他幫忙甚至不收費用。不過，他對待**達官貴人**卻從不手軟，不但要收訂金，完事後還要大斬一筆，讓對方的錢包**流血**不止。

「訂金嗎？」國王有點不安地從外衣底下掏出兩個沉重的皮袋，小心地放在桌上。

「**金幣300鎊**，另加 **紙幣700鎊**，夠嗎？」國王說。

華生聞言嚇得瞪大了眼睛，因為這個金額比想像中要大得多了。然而，福爾摩斯卻瞇着眼看了一下大塊頭國王，然後隨手從**筆記本**中撕下半張紙寫了張**收據**，一邊交給國王一邊說：「這個訂金雖然不太夠，但看在貴國皇室的面上，我就暫時收下吧。」

　　華生腿一歪，好不容易才沒有摔倒。福爾摩斯這傢伙實在太厚**臉皮**了，吹牛皮也要有個限度呀！這個金額差不多等於他一兩年的**收入**啊。

　　「那位艾琳小姐住在哪裏？」福爾摩斯漫不

經心地問。

國王看見福爾摩斯收下了訂金，鬆了一口氣：「她住的地方叫柏尼小居，座落在聖約翰林的蜿蜒路。」

福爾摩斯迅速記下來，並問：「陛下要取回的那張相片多大？是6吋大那種嗎？」

「正是。」

「陛下，你提供的資料已足夠了。」福爾摩斯撿起地上的面具交還給國王，並隨意地補充一句，「請回去休息吧，你會很快收到好消息。」

大塊頭國王臉上雖然仍有疑慮，但也有禮地點點頭走了。

沉重的腳步下樓去了，街上又響起一陣四輪馬車離開的馬蹄聲。待聲音遠去了，華生開口問道：「國王付那麼多訂金，你居然還嫌少？實在太過分了。」

「很多嗎？對一個國王來說，還不夠買一幅名畫掛在廁所的牆上呢。」福爾摩斯木無表情地說。

「但對你來說，卻是很大的一筆錢啊。」華生反駁。

福爾摩斯沒有回應，卻突然把臉蛋湊到華生面前，故作神秘地問：「你還沒吃飯吧？」

華生不明所以地點點頭：「嗯。」

「**哇哈哈哈哈，我發大財啦！**一起去吃頓最貴的法國大餐慶祝一下吧！」福爾摩斯朗聲大笑，那笑聲彷彿已憋在肚子裏好久似的，把華生的耳朵也震得**嗡嗡作響**。

這時，華生才知道，老搭檔對國王提出的金額擺出一副漫不經心的態度，只是**裝腔作勢**而已。其實，他早已開心死了，因為國王的出價足夠他吃喝玩樂一兩年。

「你會怎樣着手處理這個案子？」華生待福

爾摩斯笑完後問道。

「嘿，只是要查明一個**女人**把相片藏在哪裏罷了，沒什麼大不了，待我明天探探對方的**虛實**，然後再想如何出手吧。」福爾摩斯說得輕鬆，卻不知道自己已遇上一生中最難纏的女人。她的出現，不僅令他對女性**刮目相看**，還令他墮入宿敵**M博士**設下的陷阱之中！

教堂的奇遇

　　次日，華生出診回到家中，已是下午3時。他對大塊頭國王這個案子深感興趣，畢竟皇室的**緋聞**是引人觸目的，不過比起國王口中的那位奇女子艾琳，華生更是**遐想聯翩**，恨不得馬上去看一眼。

　　「已三點多了，怎麼福爾摩斯還沒回來呢？」華生看看**懷錶**，心裏有點納悶，他早上出門時，老搭檔已約好這個時間在家中等候。

　　差不多到四點鐘時，大門突然打開，一個衣衫襤褸、滿面鬚根的男人，**醉醺醺**地走了進來。從他的外貌看來，像是個馬車夫。華生雖然已習慣了老搭檔的變身**戲法**，但也得定睛

看了一會才能肯定那是福爾摩斯。

　　「讓你久等了。」大偵探狡黠地一笑，然後
走進了臥室之中。過了幾分鐘，他回復原貌走
出來，並「**哈哈哈**」地大笑幾聲。

「怎麼了？查出了什麼？」華生急不及待地問。

「哈哈哈，你不可能猜到我今早有什麼**奇遇**。」福爾摩斯故弄玄虛地說。

「不要**賣關子**了，我猜你一定是去視察艾琳家的環境和暗中監視她。」

「你說對了一半，不過後半卻更精彩，包你想也想不到。」

「快說！快說！」華生催促。

「我今早假扮成一個失業的**馬車夫**到蜿蜒路調查，在艾琳家附近的小巷裏，找到一個馬廄。你知道，販夫走卒雖然粗魯，但也最講義氣，那兒的馬車夫對我的景況很同情，自然也非常容易就打開**話匣子**了。」

「你問到了什麼？」華生問。

「我一邊幫手洗刷他們的馬兒，一邊閒聊，他們對附近居民的事**了如**

指掌，說了一大堆我沒興趣聽的是是非非。當然，最後在我的誘導下也扯到了艾琳。」

「接着呢？」到題了，華生的脖子不禁伸前。

「他們對艾琳的美貌讚不絕口，而且說她給小費非常慷慨，大家都很喜歡她。馬車夫們還說，她每天黃昏5時左右會乘車去音樂會演唱，7時左右回家晚餐，可算是個深居簡出的淑女。」福爾摩斯說。

華生有點失望地說：「那不算查出了什麼嘛。」

「不，好戲還未開始。」福爾摩斯狡黠地一笑，「那些馬車夫還告訴我，她家最近常有一個男人到訪。」

「啊……」美女扯上了男人，華生大感興趣。

「此君名叫**諾頓**，長得高大英俊，年紀才30多歲，還是個律師，可說是個**青年才俊**吧。」福爾摩斯說。

「原來她已有個青年才俊的男友嗎？」華生聽到這裏，像泄了氣似的把原本的脖子縮回去。

「怎麼啦？難道你妒忌了？」福爾摩斯看到華生這個反應，不禁**揶揄**道，「你每次聽到美女就興味十足的，但這次是否過分了一點呢？你還未見過艾琳呀。」

「不、不、不。」華生連忙否認，但赤紅的臉出賣了他。

　　福爾摩斯**咧嘴**暗笑，他最開心就是看到華生的**窘態**。

　　華生為了掩飾自己的狼狽，連忙追問：「查過他的背景了嗎？」

　　「還沒有時間去查，但馬車夫們肯定他是個**律師**，因為他們曾經不止一次載他回律師行。我聽到這個情報後，感到這個案子會比想像中**棘手**。」福爾摩斯說。

　　「為什麼？」

　　「這是叫人擔心的**兆頭**，艾琳找這個名叫諾頓的律師幹什麼呢？如果諾頓不是她的男友，那麼，艾琳就是他的客戶了。我霎時想到，她會不會把相片交了給他保管呢？如果是的話，那就麻煩了。」福爾摩斯說。

　　「我明白，律師行**警衛森嚴**，而且文件堆

積如山，要找一張相片並不容易。」

　　「不過，原來我是過慮了。」

　　「為什麼？」

　　「因為，後來上演了一場叫我出乎意料之外

的**好戲**。」福爾摩斯臉上浮現出神秘的笑容，

把他的奇遇**娓娓道來**。

　　我離開馬廄後，

走到艾琳居住的柏尼

小居附近監視。那是

一幢很漂亮的兩層建

築，後面有一個

小花園，正面的

門口則很接近人

行道。它的二樓有

個很大的窗，從對面的街道看上去，也可看到二樓的人。

　　正當我在**揣摸**艾琳為何要見律師時，一輛雙座馬車開到柏尼小居門前停下，一個紳士急匆匆的跳出下車。

果然是一個眉清目秀的青年才俊，他顯然就是那個**諾頓**，而且像回到自己的家那樣，毫不客氣地穿過開門的女僕，逕自走進屋裏去。

　　我扮成行人在柏尼小居前來來回回地走了三次，從二樓的窗口看到諾頓**手舞足蹈**地說話，看來說得興高采烈，非常興奮。我估計他是在和艾琳說話，但我始終看不到她的**身影**。

　　半個小時後，他出來了，不過比來的時候更匆忙。他對停在門口等候的馬車夫道：「你能多快就多快，先去麗晶街的律師行，然後到愛奇華街的**聖莫尼卡教堂**。」他的聲音很

大，我聽得一清二楚。

看着他的馬車遠去，我正在猶豫要不要去跟蹤時，一輛有篷的**小馬車**忽然從巷口駛至，車還沒有停穩，車門就打開了。差不多同一時間，一個穿着淑女裙子的女人從大門**閃出**，她未待我回過神來已鑽進了車中。由於只是一剎那之間，我未能看清楚她的容貌，但她身段輕盈優雅，單看這一點已很容易引來**狂蜂浪蝶**的注目。

為了偷聽她要去哪裏，我迅即竄到車後。

「去愛奇華街的**聖莫尼卡教堂**，如果能20分鐘內去到，我會給你半個金幣。」那是

(55)

一個很動聽的聲音，當然囉，她是個歌手嘛。不過，也是由於這把有如*風鈴*似的聲音，令我略一分神。我還未回過神來，馬車已開動了，而且加速得非常快，殺我一個**措手不及**。

幸好，剛好有另一輛馬車駛過，我趕忙截住它，在那個馬車夫出聲拒載之前，*衣著寒酸*的我先跳上車並開出條件：「去聖莫尼卡教堂，如能20分鐘內去到，給你半個金幣。」

我在車上想，艾琳和諾頓剛剛見完面，為何又相約在**教堂**等候呢？我抓破頭皮也想不出原因。不過，可以肯定的是，一定別有內情。想到這裏，我知道絕不能錯過找出答案的機會。哈哈，這次太好運了，我遇上一個見錢開眼又瘋狂的馬車夫，他的馬車**橫衝直撞**地飛馳，不到20分鐘就抵達了目的地。

不過，原來**見錢開眼**和瘋狂的馬車夫也真多，諾頓和艾琳的馬車也停在教堂門前了，馬兒們還喘着氣、冒着汗。

我恐怕教堂只是個會合地點，如果他們進去後馬上從後門離開，就可把我**甩掉**了。這是逃避跟蹤的常用手法，國王說得艾琳那麼厲害，她可能已察覺我的監視了。況且，國王曾**三番四次**派人向她出手，她的警覺性應該相當高，難保她不會出這一招。我沒時間細想，只能急急閃進教堂。

昏昏暗暗的教堂裏除了艾琳兩人外，還有一個穿着白袍的**牧師**，他們好像正在爭論着什麼，並沒有察覺悄悄閃進來的我。為了聽清楚他們的對話，我裝扮成一個到教堂閒逛的**流浪漢**，從側面的走廊緩步往前走去。艾琳兩人

背對着我，他們看不到我走近。可是，牧師卻很快就發現了我，並指着我說：「那邊有人呀。」

我還未弄清楚牧師的意思，艾琳已緩緩地回過頭來，這時，我終於看到了國王口中美若天仙的女子。我雖然閱人無數，遇到的美女也不少，但還是被她

的美貌**震懾**了。國王說得對，從她那**靈氣十足**的雙瞳中，我看得出她是一個意志堅定、有主見的人。而且，就是那雙充滿了智慧和內涵的眼睛，讓她的美貌令人**心醉神迷**，否則她可能只是一個五官出眾的木美人。

我大概呆了幾秒鐘吧，只見艾琳在諾頓耳邊不知說了什麼，然後優雅地向我走來。難道已被**識穿**了？這個念頭在我的腦海閃過。我連忙裝作**百無聊賴**似的眈天望地，然後動作遲緩地轉身，希望在被人喝破之前蒙蒙混混地離開。

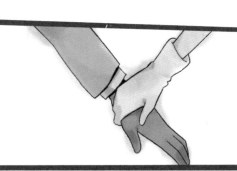

　　然而，驚人的事情發生了。我的手突然被一隻柔軟的手拉住了，當我轉身一看時，艾琳已與我**近在咫尺**，雖然我儘量保持鎮定，但可以想像得到，我當時一定是**張口結舌**，一臉愕然了。

　　「先生，可以幫一個忙嗎？只費你三分鐘。」艾琳那**風鈴**似的聲音響起，又殺我一個措手不及。

「什麼？」我完全摸不着頭腦。

「請給我三分鐘，否則就不合法了。」艾琳面帶微笑地說。

她未待我回應，就把我拖到牧師面前，並

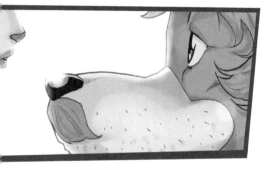

亮着那對明澈的眼睛對我說：「先生，你有一對誠實的眼睛，一定會為我們

帶來好運。」

「謝謝你的幫忙。」那位英俊的律師諾頓向我打了個招呼。

我還未弄清楚兩人的意思，就糊裏糊塗地跟着牧師的說話宣誓了。原來，他們倆急着要結婚，但又沒有約好證婚人，我的出現，成

為了他們的**救命草**。

不過，說來也實在太荒謬了，我竟然成為了調查對象的證婚人。

簡單的婚禮完畢後，艾琳那**容光煥發**的臉上更浮現出幸福的笑容，她謝過牧師後，轉過

頭來湊到我面前。

「先生——」

她說着，**突如其來**在我的面頰上輕輕地親了親，「很高興由你來為我們**證婚**，沒有你的話，我們的婚事就要推遲了。」接着，她把一枚金幣塞給我，並表示那是證婚的**謝禮**。然

後，兩人興高采烈地各自踏上馬車，丟下那個一臉茫然的流浪漢——當然，那是指我，絕塵而去了。

福爾摩斯從回憶中回到現實，但仍不禁讚歎：「華生，你知道嗎？艾琳在我面頰的那一吻，令我覺得她不但漂亮和聰慧，還是一個善良的好人。」

「你不是被美人兒迷倒了吧？怎能憑一個吻就能分辨出好人或壞人。」華生斜眼看着福爾摩斯說。

「不。」福爾摩斯一口否定華生的看法，「你知道，我當時是個衣衫襤褸的流浪漢，她卻不嫌我身份低微和一身馬臭讓我當上她的

證婚人，最後還送我一個輕吻，只有心地善良的人才會這樣啊。」

「算了，好人就好人吧，我們無謂爭論。」華生有點不服氣地說。

「哈哈哈，那個好人還送我一枚金幣呢，為了紀念這次奇遇，我得把它鑲在錶鏈上。」福爾摩斯把一枚閃閃發光的金幣在華生面前揚了揚，開懷地笑道。

華生沒好氣地說：「你是否開心得太早了，那張相片還沒有下落啊。」

「不用急，下一步就是找出相片。不過，這次要你幫手了。」

「求之不得，我也想一睹艾琳的風采呢。」

「但要犯法。」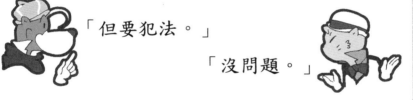

「沒問題。」

「可能被捕。」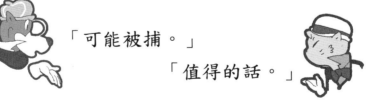

「值得的話。」

「應該值得。」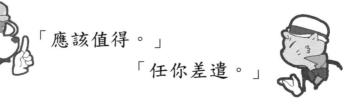

「任你差遣。」

「果然是好搭檔。」

「要我幹什麼？」

福爾摩斯脫下帽子，然後輕輕一擲，就把

帽子擲到**掛衣架**的鉤子上。

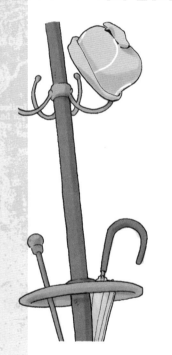

「你試試看。」福爾摩斯說。

華生雖然滿臉疑惑，但也脫下帽子一拋，

帽子在空

中了幾

下，很準確地掛在

鉤子上。

福爾摩斯驚訝地說：「好厲害，

你從哪裏學來的？」

「沒什麼大不了，我在軍中學過擲

。」華生說，「我倒想知道擲

帽子和偷相片有何關係。」

「最好別問，以免後悔莫及。」福爾摩斯

說完，又露出他那狡黠的笑容。

聽到老搭檔這麼說，華生擔心了，究竟是

幹什麼犯法的勾當呢？他雖然非常信任福爾摩

斯，但也曾目睹他為了做實驗而把客廳一堵牆

炸出一個 **大洞** 來，這個老搭檔瘋癲起來是頗為嚇人的。

　　福爾摩斯好像看透華生的心事似的，用力拍一拍他的肩膀說：「君子 **一言既出駟馬難追**，後悔已太遲了，還是先吩咐房東太太早點準備晚餐，好讓我們準時出發吧。」

相片的去向

吃過晚餐後，兩人叫了輛馬車，在6時左右去到了艾琳住的 柏尼小居 附近。

福爾摩斯把華生拉到街角的暗處，瞄了一下不遠處的兩層樓房說：「那就是艾琳住的地方了。她 **7時** 左右會乘馬車從音樂會回來，到時我會有所行動。」

「什麼行動？」華生問。

「你必須執行以下的安排，但不管發生什麼事，**也必須保持中立，不能做多餘的事。**」

「明白了，究竟是什麼安排，快說吧。」華生對老搭檔遲遲不說明白有點兒沉不住氣了。

福爾摩斯從口袋中掏出了一截鋼管似的東西，對華生說：「這個交給你。」

　　「這⋯⋯」華生嚇了一驚，「是炸彈嗎？」

　　「別怕，不會死人的。」福爾摩斯狡黠地一笑，「艾琳乘馬車回來後，會邀請我到家中作客，還會告訴我相片放在哪裏。不過，待我進屋之後，在一樓起居室的窗子打開時，你得趁機把它擲進窗內。」說完，他指一指華生手中的鋼管。

　　華生心中納悶，問道：「艾琳怎會邀請你作客？她怎會告訴你相片的藏處？更重要的是，這條雷管似的東西究竟是什麼東西？」

　　「這個你不必管，總之照吩咐去做就行

了。」福爾摩斯再三叮囑，「**記住！絕不可做多餘的事。**」

「明白了。」華生無奈地點頭答允。

「好了，還有一個小時左右，我得去安排一下其他事情。你必須於6時50分前回來依計行事。」說完，福爾摩斯就大步離開，在街角消失了。

看時間還早，華生就到附近一間**咖啡店**看報紙，於6時50分又回到柏尼小居對面的街角。天已黑下來，他小心地觀察四周，除了有幾個**流浪漢**聚在街燈下抽煙和閒聊外，一切如常，也沒發現福爾摩斯的**蹤影**。

「他怎麼還沒來呢？」華生納悶之際，一輛四輪馬車已開到柏尼小居門前停下。

「難道是艾琳的馬車？」華生想。

73

就在這時，站在街燈下的那幾個流浪漢突然一擁而上。同一剎那，黑暗的小巷中跑出幾個**街童**，他們把馬車團團圍住，為討小費**爭先恐後**地開門。

車門被人拉開了，艾琳從車廂步下。

「**滾開**！門是我開的！」一個流浪漢叫道，一手推開了搶開門的另一個人。

「竟敢動手推我，你知道這裏是我的**地盤**嗎？」被推開的人揮拳就打。

喝罵之聲四起，加上幾個街童**亂叫亂竄**，艾琳被亂作一團的人群圍在當中不知如何是好。這時，一個身穿藍色外套的**老紳士**

一拐一拐地衝進人群中，推開了圍在艾琳身邊的流浪漢，並喝道：「你們太無禮了，快讓開吧。」說着，就為艾琳開路，企圖把她拉出人群。但只走了兩步，一個鐵拳揮至，「**哎呀！**」一聲響起，老紳士應聲倒地，臉上更血流如注。

「傷人啦！」不知誰叫了一聲，流浪漢和街童在混亂中迅即**四散奔逃**。

一個矮小的黑影奔向華生，經過他身旁時

還叫了聲：「醫生，晚安。」

　　這聲音好熟悉，呀！那不是 小兔子 嗎？
華生猛然醒悟：「難道這是福爾摩斯搞出來的
好戲？」但他無暇細想，因為必須緊盯着事態
的發展。

　　這時，一個紳士跑過去看倒在地上的老紳
士，並向艾琳說：「小姐，這位正義的老紳士
受傷了，讓他躺在 寒冷 的街上不太好吧？」

　　「是的，把他抬進我家吧，我會叫人為他 包
紮 一下。」善良的艾琳當然 義不容辭，何況
那個是為保護她而受傷的人。

有兩個路過的紳士也走過來幫忙，**小心翼翼**地把老紳士抬進艾琳家中。

　　「福爾摩斯到現在還未出現，難不成那個老紳士……」華生不禁心生**疑惑**，但想到這裏，起居室的燈亮起來了，一個女僕打開了窗。

　　「噢，是我出手的時候了。」華生從口袋中掏出那條**鋼管**，不過又有點猶豫，「那個美人兒看來那麼善良，真的要把它擲到她的家中嗎？」但他馬上想起老搭檔的叮囑——**不要多想，必須按吩咐去做。**

「好吧！看看你搞什麼鬼。」華生**把心一橫**，揚手一甩，鋼管在空中打了幾個跟頭，準繩地穿過窗口，還傳來了「**叮噹**」一下清脆的着地之聲。這時，華生才醒悟，福爾摩斯之前叫他擲帽，其實是為了考驗他投擲的**準繩度**！

「起火啦！救火呀！」一聲響亮的悲鳴傳來，華生大嚇一跳。他定睛一看，只見起居室冒起滾滾濃煙。

「**起火啦！起火啦！**」街上的人看到濃煙，也慌忙叫喊。

「難道我擲出的是**燃燒彈**？」華生退到街角的暗處看着不斷從窗口冒出

的濃煙，心中非常不安，但他的耳邊又響起老
搭檔的說話——**無論發生什麼事，都要保
持中立。**

過了十來分鐘吧，
濃煙開始散去，也看
不到火舌，**忐忑不安**
的華生才稍為冷靜下來。
突然，有人從牆角探出頭來
說：「任務完成了，走吧。」

華生一看，那個剛才被抬
進艾琳家中的**老紳士**已站在他身後。

「你從軍隊學來的擲彈技術並沒有生疏，時
間也掌握得很好，我們的配合簡直就是*天衣
無縫。」老紳士咧嘴而笑，那是福爾摩斯的經
典表情。

「果然是你！為什麼不把安排預先告訴我，免得我嚇出一身汗。」華生投訴。

「不預先告訴你，是為你好。」

「什麼？道理何在？」

「不是嗎？如果我講明那枚是煙霧彈，你這個正人君子又怎肯用那種骯髒的手段去對付一個弱質女流？剛才你只是給那個可惡的福爾摩斯騙了，不必自責呀，對嗎？」

「那個可惡的福爾摩斯？」華生沒好氣地說，「你的口氣好像與自己無關呢。」

福爾摩斯裝傻扮懵似的撓撓頭，又舉頭看着掛在天空上的月亮說：「今晚的月亮好漂亮呢。」

「算了。」華生放棄了，他知道和福爾摩斯爭論下去也沒有結果。

「找到了 相片 嗎？」華生問。

「已知道它藏在什麼地方，不過沒去拿。」

「怎知道的？」

「她告訴我的。」

「不可能吧。」

「真的，她雖然沒有說出口，卻親手指給我看了。」

「說得具體一些好嗎？我不明白啊。」

「很簡單，剛才只是演了一場戲，圍堵馬車的流浪漢和街童，還有那幾個抬我進屋的紳士，都是我請來的臨時演員。當然，主角是那個老紳士，即是我。哈哈，這次的訂金豐厚，場面難免搞得大一點。」

「這個我知道，我看見小兔子了。」

「剛才倒地時，我迅速在臉上塗上紅漆，

假裝受傷。被抬進起居室後，其中一個紳士說
要讓我吸一些 新鮮空氣 ，艾琳的女僕就打開
了窗。當然，那紳士的說話是預先排演好的。」

「原來如此。」

「接着，你擲進來的煙霧彈炸開，紳士們就
大叫起火和 奪門而逃 。艾琳見狀以為真的起
火了，心一慌，就衝到一扇連接起居室的房門
前面，打開了門板的 暗格 。你知道，在危急關
頭，所有人都會保護最重要的東西。艾琳雖然
聰慧非常，但也不例外，她中了我的 圈套 。」

「你為什麼不馬上搶走相片？」華生問。

「我雖然不如你般**正人君子**，但也算是個紳士呀，怎可以動手動腳去強搶一個女人的東西，況且搶劫是**犯法**的。」

「什麼？你害我犯法了，自己卻怕犯法，是否有點前言不對後語？」華生質問。

「擲煙霧彈只算是**惡作劇**，搶劫卻是**刑事罪行**，要坐牢的，怎可相提並論。」

雖然是歪理，但吵下去也沒結果，華生還是關心那場戲多一點，於是問：「你不搶相片，跟着又怎樣？」

「我趁混亂之際，暗中把地上的**鋼管**踢到她的腳下，故意讓她發現那枚只是煙霧彈。」

「她有何反應？」

「她馬上關上暗格，轉過頭來看我。」

「你還在裝昏迷？」

「不，我閉着眼睛拼命地<ruby>咳</ruby>了幾下，假裝被<ruby>濃煙</ruby>嗆醒了，但又睜不開眼睛。她看到我醒過來了，而且傷勢又不重，就讓我自行離開了。」

「看來一切都在你的預計之中呢。」華生雖然對老搭檔的手法不表認同，但也不得不佩服他精準的**計算**。

「下一步怎辦？」華生問。

「馬上去找那個大塊頭國王，把剛才的事告訴他，然後收取任務完成的**酬金**。」

「但相片還未拿到手呀。」

「這不是我的責任。」福爾摩斯說得**理所當然**。

「什麼？你不打算為國王奪回相片嗎？」華生十分驚訝。

福爾摩斯狡點地一笑說：「我從沒說過去幫國王**搶劫**呀，我只答應他去查明相片的下

罷了。」

「啊……」華生啞然。但他細心一想，福爾摩斯確實沒有說過親自去搶相片，而且搶劫也不符他的行事規則，他絕不會應顧客要求而打劫他人，雖然那只是一張相片。

「嘿嘿嘿，你又何須擔心，只要知道相片藏在哪裏，國王自有辦法搶回來。」福爾摩斯說，「我們一起去看熱鬧就行了。」

不速之客

福爾摩斯和華生叫了輛**馬車**，去到了國王下榻的朗廷酒店。福爾摩斯一五一十地把剛才發生的事告之，大塊頭國王非常高興，並說：「取回相片後，我會再付你一千鎊。」

福爾摩斯又再**裝模作樣**地說：「一千鎊其實不太足夠，不過看在皇室的面上，我就收下吧。明天一早，我們一起去問那個美人兒索取相片吧。我只要指出相片的**藏處**，她也不敢不交出來。」

「唔……你說得對，她不肯交出來的話，我們只好強搶了。」國王興奮地緊握拳頭，眼神中第一次露出了**兇相**。

華生沒有察覺國王這個一閃即逝的表情，但逃不過福爾摩斯如鷹隼般的眼睛。

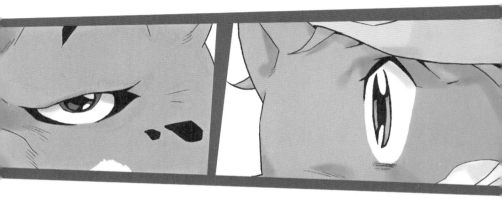

「陛下，我們也該告辭了，明早8點鐘再來。」說完，福爾摩斯有禮地與國王握手告別。國王一般不會與平民握手，但他卻用力地和我們的大偵探握了一下，以示敬重和感謝。

在回家的馬車上，福爾摩斯一反常態沉默不語，並凝視着自己**緊扣**的雙掌陷入沉思。

　　「怎麼了？有什麼問題嗎？」華生覺得奇怪。

　　「那個國王，他知道相片的下落後，突然**目露兇光**，令我感到有點不安。」

　　「你過慮了，國王只是太過興奮罷了。」

　　「可能是吧。不過沒關係，反正我有辦法驗證這個疑慮。」福爾摩斯說。

　　就在這時，馬車已來到了家門前面，福爾摩斯下車後舉頭一看，問：「**唔？我們離開時沒有關燈嗎？**」

不速之客

　　華生望向二樓，只見淡淡的燈光從窗口透出，搖搖頭道：「我們有關燈，可能是房東太太打掃完後忘記關吧。」

　　「小心為上，上樓時切勿發出聲響。」福爾摩斯輕聲說。華生慄然一驚，心中不禁泛起一絲不祥的預感。

　　兩人躡手躡腳地上了樓，來到門口時，福爾摩斯掏出手槍，並無聲地向華生示意——出其不意地衝進去！

　　「咔嚓」一聲，福爾摩斯迅速打開大門，同一剎那他已嗅到廳中有人，於是馬上舉槍向前。

　　「嘿嘿嘿，福爾摩斯，別來無恙吧。」一個沉厚又鎮定的男聲響起。

這時，福爾摩斯和華生才赫然發現，一個身上披着黑袍的人，垂着頭坐在廳中的沙發椅上。「你是什麼人？為何私自闖進來？」福爾摩斯小心地問。

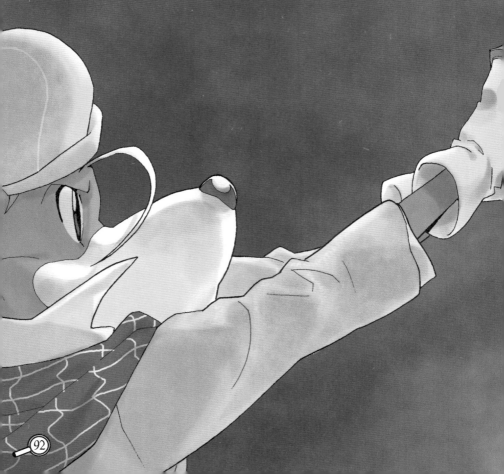

93

那人緩緩地抬起頭來，華生看到他的樣貌後吃了一驚，因為那人竟戴着跟大塊頭國王類似的**面具**，嘴角上還浮現出叫人心寒的冷笑。

「福爾摩斯，你怎麼了？竟然握着手槍來迎接**老朋友**？」那蒙面客語帶譏笑地說。

「羅蘋⋯⋯？」福爾摩斯呢喃，手中槍已垂下。

「什麼？這個不速之客就是那個著名的**法國大盜羅蘋**？」華生心中愕然。

「聽說你接了一單大案，還賺了不少骯髒錢。我是來看看一個正義的朋友，在**助紂為**

虐之後淪落到什麼地步。」

福爾摩斯**眉頭一皺**，似已醒悟對方所指，但仍問道：「什麼意思？」

「**別裝蒜！**」蒙面客厲喝，「你幫有權有勢的人去對付一個弱質女子，還不算是助紂為虐嗎？」

「你來這裏就為了教訓我？」

「嘿嘿嘿，我怎敢教訓老朋友。我是來提醒你的，想知道**真相**的話，快趕去柏尼小居吧。記住，要**帶眼識人**，否則就後悔莫及！」蒙面客話音剛落，他的黑袍忽然揚起，袍底霎地閃出幾道白光。

「**小心！**」福爾摩斯一手推開華生，並連忙側身一閃。

颼！颼！颼！幾道寒風在福爾摩斯和華生之間掠過，只

見三把飛刀已插在兩人身後的大門上。

華生嚇得出了一身冷汗，回頭再看時，只見窗簾隨風揚起，沙發椅上的蒙面客已消失得無影無蹤。

福爾摩斯縱身一躍跳到窗前，他探頭往外看了看，自言自語地說：「哼，羅蘋這傢伙，身手依然是那麼敏捷。」

「唔？」華生發現桌上有一個削皮削到一半的蘋果，感到不可思議地說，「福爾摩斯，這裏怎會有一個蘋果？」

福爾摩斯回身走到桌前，拿起那個蘋果笑道：「嘿嘿嘿，不愧是羅蘋，闖進人家的屋裏，

竟然還有閒情 **慢條斯理** 地削皮吃蘋果。」

華生讚歎：「果然是個名震歐洲的大盜，他在這裏 **出入自如** ，完全不把你放在眼內呢。」

「沒辦法，遇上他這種人，我也只能 **甘拜下風** 。」福爾摩斯識英雄重英雄地憶述，「上次在巴黎交手時，曾與他比劍，他的劍法凌厲非常，我被他打得 **節節敗退** ，如果他不是留一手，相信我已死在他手上，但想不到他的飛刀也這麼厲害。」

回想到這裏，桌上的蘋果又闖進福爾摩斯的眼中，他突然眉頭緊皺，似乎感到有什麼不對勁，但又說不出那是什麼。＊

「對了，羅蘋剛才說你 **助紂為虐** ，欺負一個女子，難道指的是艾琳？」華生打斷他的思

＊各位讀者，你們又察覺到什麼不對勁嗎？找不到答案也沒關係，看下去就會明白了。

緒問道。

福爾摩斯回過神來，說：「他說得這麼白，應該不會錯。不過羅蘋這傢伙常常**故佈疑陣**，我們也不可輕信他的說話。但檢驗一下它，就可確定羅蘋說話的**真偽**了。」說着，他掏出一枚戒指。

「唔？這枚**戒指**好像在什麼地方見過。」

「你當然見過，這是波希米亞國王的戒指。」

「國王的戒指怎會在你手上的？」華生**大惑不解**。

「你沒注意到嗎？我和國王**握手**時，順手把它拿過來的。」福爾摩斯說得輕鬆。

「什麼？你偷了國王的戒指？」華生愕然。

「沒辦法，剛才見到國王時，我突然醒悟犯了一個嚴重的**錯誤**。」

「什麼錯誤？」

「沒有核實國王的**身份**。」

「難道你認為他是**假冒**的？」

「不敢肯定，所以才要用他的戒指來核實。」

「我明白了，如果戒指是假的，那麼國王的身份也是假的了。」

「對。」福爾摩斯點點頭，然後掏出放大鏡仔細地檢視鑲在戒指上的**鑽石**，看着看着，他臉色慢慢變得凝重起來。

「怎麼了？」華生緊張地問。

福爾摩斯抬起頭來說：「從鑽石的折光度來看，它多半是假的。」

「啊！你肯定嗎？搞錯了可不是講玩的。」華生擔心。

「是的，為了確認鑽石的真假，還有一個絕不會錯的測試方法。」

「什麼方法？」

「用火燒。」

華生聞言啞在當場，因為那顆鑽石如果是真的話，燒毀了怎麼辦？

福爾摩斯沒理會華生的擔心，他準備了一枝可耐高溫的玻璃管，把戒指上的鑽石剝下放到管中，然後在玻璃管的一端

上接上壓縮**氧氣筒**供氧，再用猛火隔着玻璃管燒向鑽石。

華生**屏息靜氣**地盯着管中的鑽石，過了兩三分鐘後，鑽石「**嘭**」的一聲裂開，並開始變形熔化。

「停手！」華生驚叫，「鑽石熔了，我們沒錢賠給國王啊！」

福爾摩斯也臉色突變，他迅即把火關掉，並叫道：「**中計了！**別忘了帶手槍，我們馬上趕去柏尼小居。」

局中局

馬車上，華生問：「你說中計了？中了什麼計？」

「你沒看見嗎？那顆鑽石熔了。」

「你用高溫火燒，鐵都會熔啦，何況鑽石。」華生理所當然地說。

福爾摩斯睡了一下華生，說：「你是個好醫生，卻是個科學盲。鑽石在高溫加熱下不會這樣熔化，只會變成一縷青煙，在空氣中消失。」

「什麼一縷青煙？別說得那麼文縐縐好不好。」

「準確地說，鑽石的化學成分絕大部分是

碳，遇上高溫燃燒，只會化作**二氧化碳**消失，我說的青煙就是二氧化碳。這是**比喻**，是你教我的。*」福爾摩斯沒好氣地解釋道。

「那麼，那顆鑽石是什麼來的？」

「是**玻璃**，玻璃在高溫下才會變成那樣。」

「哎呀，早點說嘛，嚇得我出了一身冷汗。我還擔心燒壞了鑽石，沒錢賠給國王呢。」華生放下**心頭大石**。

「哼！那枚不值錢的玻璃戒指，已證明國王是假的，不要說賠償，我還要找他**算賬**呢。」福爾摩斯悻悻然地說。

「可是，為何他要假冒國王來騙你呢？他既然不是國王，就不會有什麼跟艾琳的合照，也不會有什麼皇室的**醜聞**呀。」華生感到莫名其

*詳情請參閱《大偵探福爾摩斯⑮近視眼殺人兇手》。

妙。

「這正是我要趕去柏尼小居的原因。」福爾摩斯說，「我估計**冒牌國王**是利用我們，企圖從艾琳手上找出他想得到的東西。那東西可能是一些文件，也可能是一張相片。而且，他看來也非常熟悉我的**為人**，知道我只會找出相片的藏處，絕不會動手偷，因為這違反我的行事守則。」

「啊，我明白了。」華生恍然大悟，「當你通知他相片的**藏處**後，他就自己去搶，而且會在今晚動手。」

「對。」福爾摩斯點點頭，「況且羅蘋不是已來**知會**，叫我們趕去柏尼小居嗎？」

「不過，我還有個問題不明白。羅蘋與冒牌國王有何關係呢？他為何要破壞對方的好

事呢？還有，羅蘋似乎對艾琳的處境也**了如指掌**，難道他是艾琳請來對付冒牌國王的**幫手**？」華生問。

「唔……」福爾摩斯沉思片刻，「根據我的檔案記錄，艾琳曾在法國皇家劇院當過幾年歌手，半年前才移居到倫敦來。無獨有偶，羅蘋從法國來到倫敦犯案，也是近幾個月的事。就是說，兩人有兩個共通點，一是都曾居於法國，二是來倫敦的時間差不多。」

「這麼說來，艾琳跟羅蘋在法國認識，因為某種緣故而一起到倫敦來？」華生猜想。

「大有這個可能，否則實在想不通兩人有何**關連**。」福爾摩斯道。

說着說着，馬車已開到柏尼小居附近，福爾摩斯和華生在進入蜿蜒路前下車。兩人看看

懷錶，已是**午夜12時**了。

「下一步怎辦？」華生問。

「為免**打草驚蛇**，我們悄悄走到柏尼小居前面的街角監視，看看冒牌國王有什麼行動才出手吧。」福爾摩斯輕聲道。

兩人躡手躡腳地走到了街角，只見柏尼小居的屋內**漆黑一片**，表面看來屋裏的人已睡了。等了大約半個小時吧，幾個人影突然從小居旁的小巷**竄出**，其中一個身型高大，看來就是那個冒牌國王。

「有五個人。」福爾摩斯說。

「看來他們要偷偷地闖進艾琳家，要阻止他們嗎？」華生問。

「不，先 靜觀其變 ，看準情況再出手也不遲。」

「不怕艾琳會被他們傷害嗎？」華生擔心。

「不用怕，從羅蘋的說話看來，艾琳應該已 有所防犯 。況且，有羅蘋的保護，那五個傢伙動不了艾琳分毫。」

不一刻，那五個黑影不知如何弄開了大

109

門，並逐一閃進屋內。

「是時候了，我們出動吧。」福爾摩斯說完，迅即閃出街角，但只是往前走了幾步，赫然發現又有**五個黑影**不知從什麼地方竄出來，並一下子就堵在小居門前。

福爾摩斯大驚之下，連忙拉着華生退回街角暗處。

「怎麼又會走出另一幫人來？」華生問。

「實在奇怪──」福爾摩斯一頓，「唔？那兩個**身影**好熟悉。」

華生聞言定睛一看，驚訝地道：「那不是李大猩和狐格森嗎？」

『他們怎會在這裏出現的？」福爾摩斯也感到非常意外，他伸長脖子再看，發現其他三人全是穿制服的**警察**。

　　大惑不解的兩人還未想到如何應對，已突
然聽到小居內傳出「哇呀——」一聲慘叫，
接着又傳來幾下「砰砰啪啪」的碰撞聲，正
要破門進屋的李大猩似乎也被嚇得大吃一驚，
他急忙用力撞開大門。

　　「抓人！不可讓他逃脫！」在李大猩的呼
喝下，狐格森和警察們已跟着衝進屋去。

　　「走！」福爾摩斯大叫一聲，全速奔往柏尼
小居。華生沒能細想，只好緊跟其後。

　　屋內漆黑一片，叱喝之聲四起，
也有人在大叫呼痛。

　　福爾摩斯閃進屋內，知道在
黑暗中可能會殺錯良民。他記得
大門旁邊有一盞煤油燈，於是
馬上把它點着，一霎間，整個起

111

居室亮起來了。同一刹那，一個叫人意想不到
的景象也闖入眼簾。

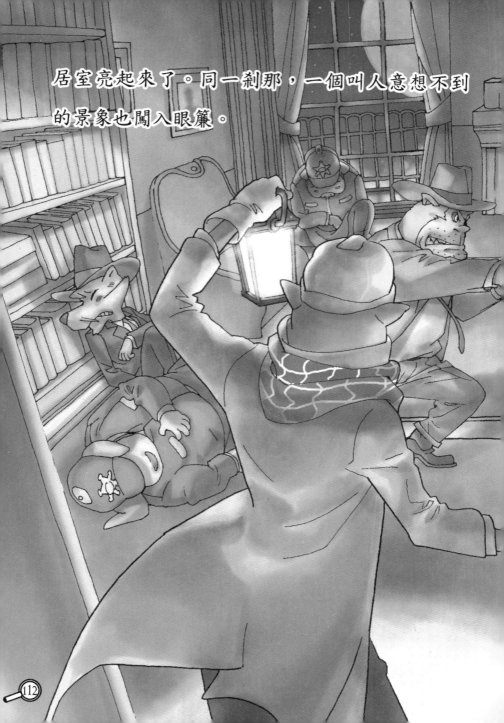

只見四個大漢和四個警察——不幸地，狐格森也在當中——倒在地上，〈呻吟〉之聲此起彼落，他們看來是在黑暗中群毆一場後紛紛倒地。

李大猩、戴着面具的冒牌國王和羅蘋三人則形成一個 三角形 互相對峙。

「羅蘋！快投降吧，你被捕了！」李大猩大喝，但他的手槍卻 游移不定，不知道該指向誰。

「我是波希米亞國王，不是羅蘋，你該把槍指向他！」冒牌國王指着羅蘋向李大猩叫道。

李大猩聞言，馬上把槍指向羅蘋。

羅蘋一怔，但他看到冒牌國王也戴着**面具**，連忙假裝驚慌說：

「我⋯⋯我⋯⋯只是個小偷，他才是羅蘋。不信你看，我又瘦又矮，怎像那個法國大盜。他**昂藏七呎**，怎樣看也是個大賊吧。」

李大猩赫然一驚，連忙把槍指向冒牌國王。

「不！我是**波希米亞國王**，他才是羅蘋！」冒牌國王叫嚷。

「不！我只是無名小偷，他才是羅蘋！」羅蘋也叫嚷。

李大猩把手槍指來指去，不知如何是好。

這時，冒牌國王看到福爾摩斯，馬上獲救

似的道：「我認識福爾摩斯，他可以證明我是國王，不是羅蘋！」

李大猩太過緊張了，這時才注意到福爾摩斯的存在。他問道：「怎麼你也來了？」

「我和華生醫生路過聽到打鬥聲，所以走進來看看罷了。」大偵探**裝傻扮懵**地說。

李大猩當然不相信這種假得太離譜的**謊言**，但捉羅蘋要緊，他已沒空追究那是否謊

話了，只是高聲問道：「你認識那大塊頭嗎？他真的是國王？」

福爾摩斯打量了一下冒牌國王，冷冷地一笑，向李大猩反問：「嘿嘿嘿，堂堂一國之君又怎會夜闖民居？而且，你聽過哪一個國王會戴着面具到處走？」

「什麼？」冒牌國王呆在當場。

李大猩想了想，覺得頗有道理，把槍頭對準冒牌國王喝道：「羅蘋！你以為本大爺那麼容易受騙嗎？快束手就擒吧！」

冒牌國王知道有理說不清，而且被蘇格蘭場的警探知道了他的真正身份更

不得了。他假裝舉起雙手，卻突然發難撞向李大猩。我們的李大猩雖然智慧有限，但身手倒不可欺侮，他向側一閃，然後猛地躍起，揮起槍柄向大塊頭的後腦一擊，「蓬」的一聲，大塊頭應聲倒地，昏過去了。

局中局

就在這時，羅蘋已一個閃身竄到福爾摩斯身旁，並在他耳邊拋下一句：「你有一對誠

（這句說話好熟，我在哪兒聽過呢？）

實的眼睛，一定會為我們帶來好運。」

福爾摩斯一愕，心想：「這句說話好熟，我在哪兒聽過呢？」他回過神來，羅蘋已消失於窗外的黑暗之中了。

「咦？那個小偷呢？」李大猩發現羅蘋不見了，於是問。

福爾摩斯聳聳肩，向華生問道：「你看見他嗎？」

華生**如夢初醒**般答道：「啊⋯⋯他好像跳窗走了。」其實，華生也真的是還未從混亂中醒過來，因為一瞬之間發生太多意料之外的事情了。

「哼！小魚比大魚走得還快。」李大猩口中不忿，但臉上卻掛着**喜滋滋**的笑容，「幸好收到**線報**說羅蘋會來犯案，原來是真的，這次釣到一條大魚，發達了。」

不用說，那個所謂線報，肯定是羅蘋自己發的，他只是**借刀殺人**，利用警方的力量把冒牌國王一網成擒罷了。福爾摩斯也看穿了箇中奧妙，對羅蘋設下的這個**局中局**更深感佩服。

李大猩叫醒被打暈的狐格森和其他警察，把冒牌國王等五個匪徒一網成擒。福爾摩斯和華生則趁機檢查了一下艾琳收藏相片的暗格，但那兒已空空如也，什麼也沒有。當然，艾琳和女僕們也去如黃鶴，不知所終了。

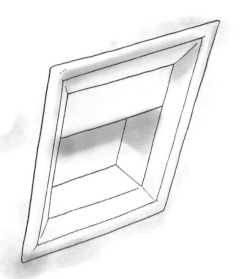

羅蘋與　艾琳

回到家裏後，華生說：「雖然捉了冒牌國王，但我們其實白跑一場，始終不知道冒牌國王想要的是什麼 **相片** 。」

「對，這是一個遺憾，不過總算賺了一筆，也不算是白費氣力──」說到這裏，福爾摩斯突然止住，他好像想起什麼似的，一個箭步衝到 **保險箱** 前，急急忙忙地打開保險箱。

「怎麼了？」華生問。

福爾摩斯大叫：「錢不見了！」

「什麼？」華生大驚。

「你看，只留下一封信。」福爾摩斯說着，連忙打開信件細閱，並驚叫：「啊！原來一切

都是 **M博士** 弄出來的！」

　　信是這樣寫的……

福爾摩斯先生：

　　你好，你看到此信時，一切已完結了。M博士派來奪取相片的那幫反徒，相信已被蘇格蘭場的警探一網成擒。我則會和新婚夫婿連夜離開此地，度蜜月去了。

　　你一定很驚奇事情為何會這樣發展，被殺個措手不及吧。其實，你的表現本來是不錯的，我在教堂被你那一身馬夫完全騙倒了。不過，你在我家表演的那場戲就有點過火，竟然連煙霧彈也用上了。你離開後，其實我一直跟蹤你和你的伙伴，

並在酒店的窗外偷聽到你和冒牌國王的對話。我不怪你，只是知道原來堂堂大偵探也有百密一疏的時候，竟會誤信歹徒的謊言。

不過，閣下的不義之財我卻不能不理。這筆錢可以幫助很多窮人，就讓我代窮人們向你說聲多謝吧。

對了，差點忘了說。你一定想知道M博士一伙想奪取的是什麼相片吧。我在這裏可以告訴你，那是我和他的合照。他曾在巴黎熱烈地追求過我，合照就是當時拍的。我相信這是他一生中拍過的少數幾張相片之一，所以他必須把它奪回，以免被人知道他的真正樣貌。但沒想到他竟會利用你來對付我，這一着實在太高明了，M博士果然不容小覷。

福爾摩斯先生,幸好你有一對誠實的眼睛,我就是憑你那對眼睛識破你的。

相信你對我和M博士的合照會很感興趣,但那是我的護身符,恕難割愛。不過,為了紀念我們不打不相識,也送你一張相片吧。

好了,你該差不多回來了,就此擱筆。

「相片?信封裏——」還未說完,福爾摩斯已發現信封裏有一張相片,那是一個女人的**半身照**,她含笑面向鏡頭,似是含情脈脈,也似是冷然嘲笑。相中人不是別人,正是艾琳。

「**哈哈哈!**」福爾摩斯看到相片後

不禁大笑。

「怎會是艾琳？」華生看到相片後問，可是福爾摩斯大笑不止，根本無法回答華生的問題。

華生搶過信件，從頭到尾又看了一遍，百思不得其解地問：「信末沒有**下款**呢。但按信中的內容看，寫信人好像是羅蘋，又好像是艾琳，究竟為什麼會這樣？」

「還明白不過嗎？」福爾摩斯終於笑完了，**「她是艾琳，又是所謂的羅蘋呀！」**

「什麼？羅蘋是個女人來的嗎？」華生大驚失色。

「不，羅蘋是個堂堂的**男子漢**。」

「那麼……艾琳就是羅蘋扮的囉。她原來是個男人？」華生更驚奇了。

「不！」福爾摩斯一口否定，「正好相反，我們見到的那個羅蘋是假的，他其實是艾琳**女扮男裝**假冒的。」

「你為什麼可以如此肯定？」

福爾摩斯走到桌前，拿起那個削皮削到一半的蘋果說：「這個**蘋果**就是證明。我看到這個蘋果時，總覺得有什麼不對勁，但一時間又看不出什麼來。看完那封信後，我才猛然醒悟被艾琳騙了。你看，這個蘋

果的皮是<u>從左向右</u>地旋轉，只有**左撇子**才會這樣削果皮。羅蘋曾和我鬥劍，他持劍的是右手。這可證明我們遇到的不是真羅蘋。」

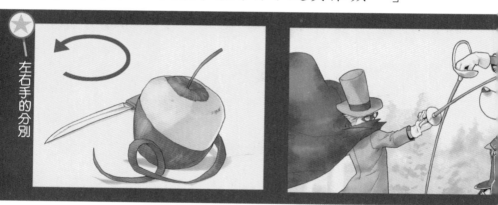

左右手的分別

「原來如此。」華生恍然大悟。

「還有，假羅蘋跳窗離開柏尼小居前，在我耳邊說了句『你有一對誠實的眼睛，一定會為我們帶來好運』。當時我只覺這句話似曾相識，現在才想起在教堂當臨時證婚人時，艾琳也對我講過同一句說話。所以，艾琳就是假冒羅蘋的人，錯不了。」

華生乘機揶揄：「你認識羅蘋，卻連冒牌貨也認不出來，太不像樣了吧？」

　　「哈哈哈，我確實要反省一下。」福爾摩斯笑道，「不過，我相信箇中必有秘密。艾琳是個專業歌手，她模仿男聲並不困難，但要模仿得跟羅蘋一模一樣，就絕不容易。況且，除了聲音外，她的"動作"和身手也足可與真羅蘋比擬，這就更叫人摸不着頭腦了。」

　　「不管她是什麼人，也是個女中豪傑啊。」華生對艾琳也歎服不已。

次日，報上刊出了法國大盜羅蘋落網的消息，只見李大猩和狐格森面露勝利的笑容，那個冒牌國王則被銬上了**手銬**，哭喪着臉站在他們中間。叫人意外的是，報紙還指冒牌國王坦承自己就是羅蘋！看來，冒牌國王為了掩飾自己的真正身份，只好**打落牙齒和血吞**。因為，要是孖寶警探知道他是M博士手下的話，一定會嚴刑逼供，把他打得死去活來。不過，就算他不怕捱揍，大概也不會說出真相。他知道出賣M博士的人，都不得好死也。

尾聲

　　兩個月後，在福爾摩斯的明查暗訪下，部分謎團終於解開。原來，八個月前，羅蘋在巴黎作案時不慎受傷，法國警方收到線報後動員全國警力追捕，他只好不停轉移匿藏地點逃亡，但疲於奔命下也加重了傷勢。艾琳知悉後，為了轉移警方視線，就假扮羅蘋到倫敦作案，好讓他可以安靜地療養。但她萬萬沒料到M博士為了奪回相片，竟利用福爾摩斯找上門來。聰明的她於是將計就計，反把M博士的手下一網打盡。

　　不過，艾琳為何練得一身好武功，她與羅蘋又有什麼關係，始終仍然是個謎……

為什麼要戴面具?

為了隱藏身份。

我想要一個面具。

為什麼?

為了型。

因為可以變得英俊。

為了防毒。

送一個給你吧。

真的?

為了美容。

日本天狗面具,夠英俊吧?

天狗面具太噁心了，我要開心的。

開心的嗎？

圓形面具太滑稽了。

有了！

有方形的嗎？

有呀，但很少人戴。

真的？

少人戴才特別，給我一個吧。

好呀，反正很便宜。

舞獅用的笑面佛，夠開心了吧？

疑犯專用。

福爾摩斯科學小實驗

木炭變成了氣體?

本集中,你用火燒的方法查出了鑽石是假的。其實,我也想看看真的鑽石被火燒後會怎樣呢。

一顆真的鑽石最少也要幾千元,燒鑽石就等於燒錢,不能這麼奢侈啊。

哪怎麼辦?

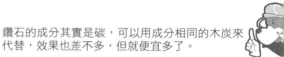

鑽石的成分其實是碳,可以用成分相同的木炭來代替,效果也差不多,但就便宜多了。

那麼,就快做吧。

這個實驗在家裏做不了,最好在學校的實驗室裏與老師一起做。不過,我在這裏示範一下吧。

---

❶ 首先,要準備好下面的物品。

0.2克的炭

500mL的燒瓶
(瓶內必須抹乾,
不含水分)

天平

砝碼

酒精燈

石灰水

---

❷ 把木炭放進燒瓶中,在瓶中注入氧氣,再塞上橡膠塞。然後,放在天平上量一量重量,並記下。(注意:在天平上放一張紙巾,以防燒瓶滑倒。)

❸ 用酒精燈在瓶底加熱,當木炭着火後,就搖動一下燒瓶,讓木炭燒得更均勻。

❹ 燒完後,木炭消失了,只剩下一點渣滓。再把燒瓶放到天平上量一量,大家會發覺重量和未燒前是一樣的。

為什麼木炭消失了，但燒瓶的重量還是一樣呢？

你在故事中説過，鑽石在高溫燃燒下，會變成二氧化碳，難道……？

你説對了，木炭中的碳與氧氣結合，變成了二氧化碳，由於它是氣體，肉眼雖然看不見，但重量其實是一樣的。所以，燒瓶的重量就沒變了。

那麼，那些渣滓又是什麼？

那是木炭中的雜質，所以沒變成氣體。

但你怎樣證明燒瓶中有二氧化碳？

只要倒一些透明的石灰水到燒瓶中，就可證明了。

啊，石灰水變成了奶白色，瓶中果然充滿了二氧化碳呢。

對，因為石灰水有強鹼性，與二氧化碳混和起來，就會變成奶白色了。所以不必用鑽石，也可以做出同樣的實驗呢。大家覺得有趣嗎？但千萬別拿媽媽的鑽石戒指來試啊！

大偵探 福爾摩斯
史上最強的女敵手 ⑰

原著／柯南·道爾
（本書根據柯南·道爾之《A Scandal in Bohemia》改編而成。）

改編&監製／厲河　　　　繪畫&構圖編排／余遠鍠

封面設計／陳沃龍　　　內文設計／麥國龍　　　編輯／蘇慧怡

出版
匯識教育有限公司
香港柴灣祥利街9號祥利工業大廈2樓A室

承印
天虹印刷有限公司
香港九龍新蒲崗大有街26-28號3-4樓

發行
同德書報有限公司
九龍官塘大業街34號楊耀松（第五）工業大廈地下
電話：(852)3551 3388　　傳真：(852)3551 3300

第一次印刷發行
第十二次印刷發行
Text：©Lui Hok Cheung
©2013 Rightman Publishing Ltd. All rights reserved.

2013年2月
2020年7月
翻印必究

想看《大偵探福爾摩斯》的
最新消息或發表你的意見，
請登入以下facebook專頁網址。
www.facebook.com/great.holmes

ISBN:978-988-77494-7-9
港幣定價 HK$60
台幣定價 NT$270

若發現本書缺頁或破損，
請致電25158787與本社聯絡。

網上選購方便快捷　　購滿$100郵費全免
詳情請登網址 www.rightman.net